Son Altesse Royale

MARIE-IMMACULÉE

DE BOURBON

COMTESSE DE BARDI

NOTRE-DAME DE LÉRINS

IMPRIMERIE MARIE-BERNARD

6 JANVIER 1877

Son Altesse Royale

MARIE-IMMACULÉE

DE BOURBON

COMTESSE DE BARDI

NOTRE-DAME DE LÉRINS

IMPRIMERIE MARIE-BERNARD

—

6 JANVIER 1877

HOMMAGE

DE

RECONNAISSANCE

OFFERT

A SON ALTESSE ROYALE

MADAME

LA DUCHESSE DE PARME

PAR L'AUTEUR

IRMA FAUVERGENNE

A Son Altesse Royale

MARIE-PIE DE BOURBON

DUCHESSE DE PARME

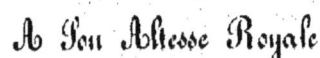ous qui fûtes, avec amour,
L'Ange gardien de sa jeunesse,
Agréez, ô noble DUCHESSE,
Mon faible travail, en ce jour.
Du sein de l'immortelle vie,
Puisse-t-ELLE aussi le bénir !
Et si la mort vous l'a ravie,
Toujours vivra son souvenir.

J. F.

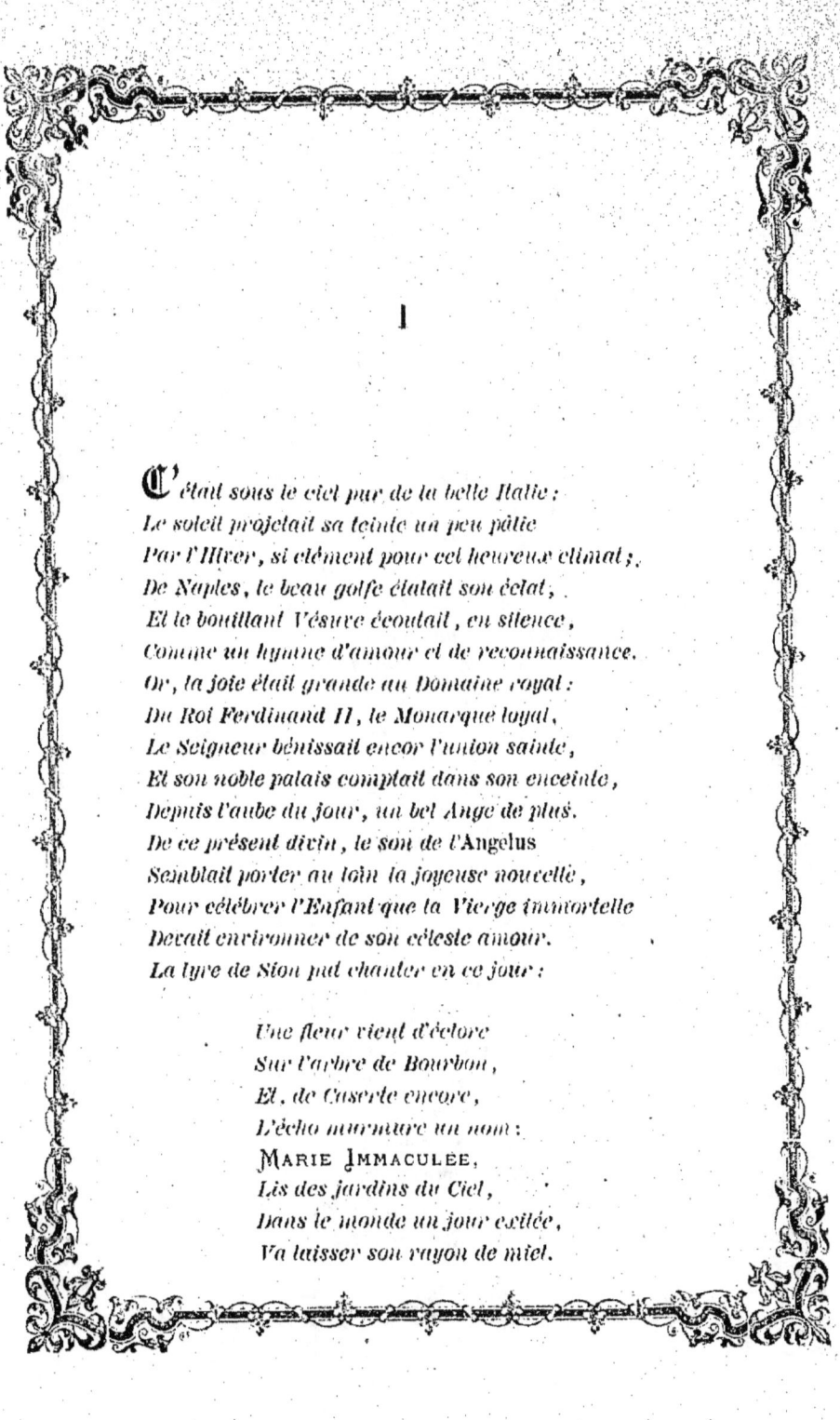

I

C'était sous le ciel pur de la belle Italie :
Le soleil projetait sa teinte un peu pâlie
Par l'Hiver, si clément pour cet heureux climat ;
De Naples, le beau golfe étalait son éclat,
Et le bouillant Vésuve écoutait, en silence,
Comme un hymne d'amour et de reconnaissance.
Or, la joie était grande au Domaine royal :
Du Roi Ferdinand II, le Monarque loyal,
Le Seigneur bénissait encor l'union sainte,
Et son noble palais comptait dans son enceinte,
Depuis l'aube du jour, un bel Ange de plus.
De ce présent divin, le son de l'Angelus
Semblait porter au loin la joyeuse nouvelle,
Pour célébrer l'Enfant que la Vierge immortelle
Devait environner de son céleste amour.
La lyre de Sion put chanter en ce jour :

     Une fleur vient d'éclore
     Sur l'arbre de Bourbon,
     Et, de Caserte encore,
     L'écho murmure un nom :
     MARIE IMMACULÉE,
     Lis des jardins du Ciel,
     Dans le monde un jour exilée,
     Va laisser son rayon de miel.

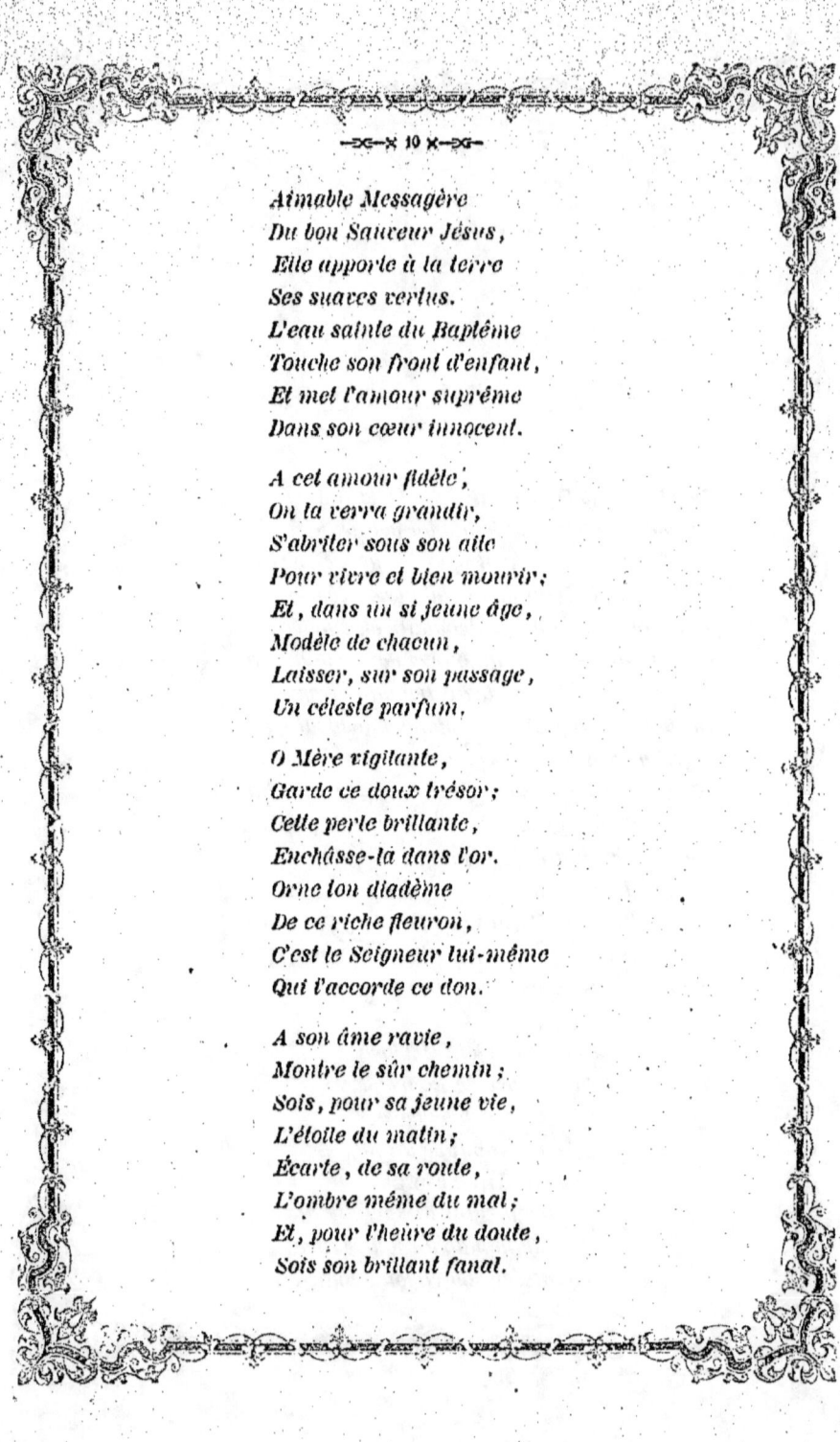

Aimable Messagère
Du bon Sauveur Jésus,
Elle apporte à la terre
Ses suaves vertus.
L'eau sainte du Baptême
Touche son front d'enfant,
Et met l'amour suprême
Dans son cœur innocent.

A cet amour fidèle,
On la verra grandir,
S'abriter sous son aile
Pour vivre et bien mourir ;
Et, dans un si jeune âge,
Modèle de chacun,
Laisser, sur son passage,
Un céleste parfum.

O Mère vigilante,
Garde ce doux trésor ;
Cette perle brillante,
Enchâsse-la dans l'or.
Orne ton diadème
De ce riche fleuron,
C'est le Seigneur lui-même
Qui t'accorde ce don.

A son âme ravie,
Montre le sûr chemin ;
Sois, pour sa jeune vie,
L'étoile du matin ;
Écarte, de sa route,
L'ombre même du mal ;
Et, pour l'heure du doute,
Sois son brillant fanal.

Le Ciel, ô grande Reine,
Connaissait les vertus,
Puisque l'Ange l'amène
Ce beau lis de Jésus.
Conserve-le sans tache
Pour l'éternel jardin;
Mère, accomplis la tâche
Sous le regard divin.

Et la Mère entendit la céleste harmonie,
Et, dans son cœur, grandit la tendresse infinie
Dont le Ciel a doté ces anges d'ici-bas,
Chargés de détourner les pierres de nos pas.
Docile à ses leçons, la jeune IMMACULÉE,
Par cette douce voix, tendrement appelée,
Vers le but, s'élançait par un sentier de fleurs.
Sa main, du malheureux, savait sécher les pleurs
Et laisser échapper d'enfantines largesses.
Déjà, de son cœur pur, révélant les richesses,
La louange troublait son regard innocent,
Qui soudain se baissait sous son front rougissant.
Pour ses Frères, ses Sœurs, compagne ravissante,
Elle attirait leurs cœurs par sa vertu naissante;
Et, Reine au doux empire, à sa naïve cour,
Elle imposait ses lois d'innocence et d'amour.
Mais, pressentant déjà sa réelle Patrie,
Sa vue, au Ciel, souvent allait chercher Marie;
Et sa mignonne main décorait son autel
Où son âme exhalait un encens immortel.

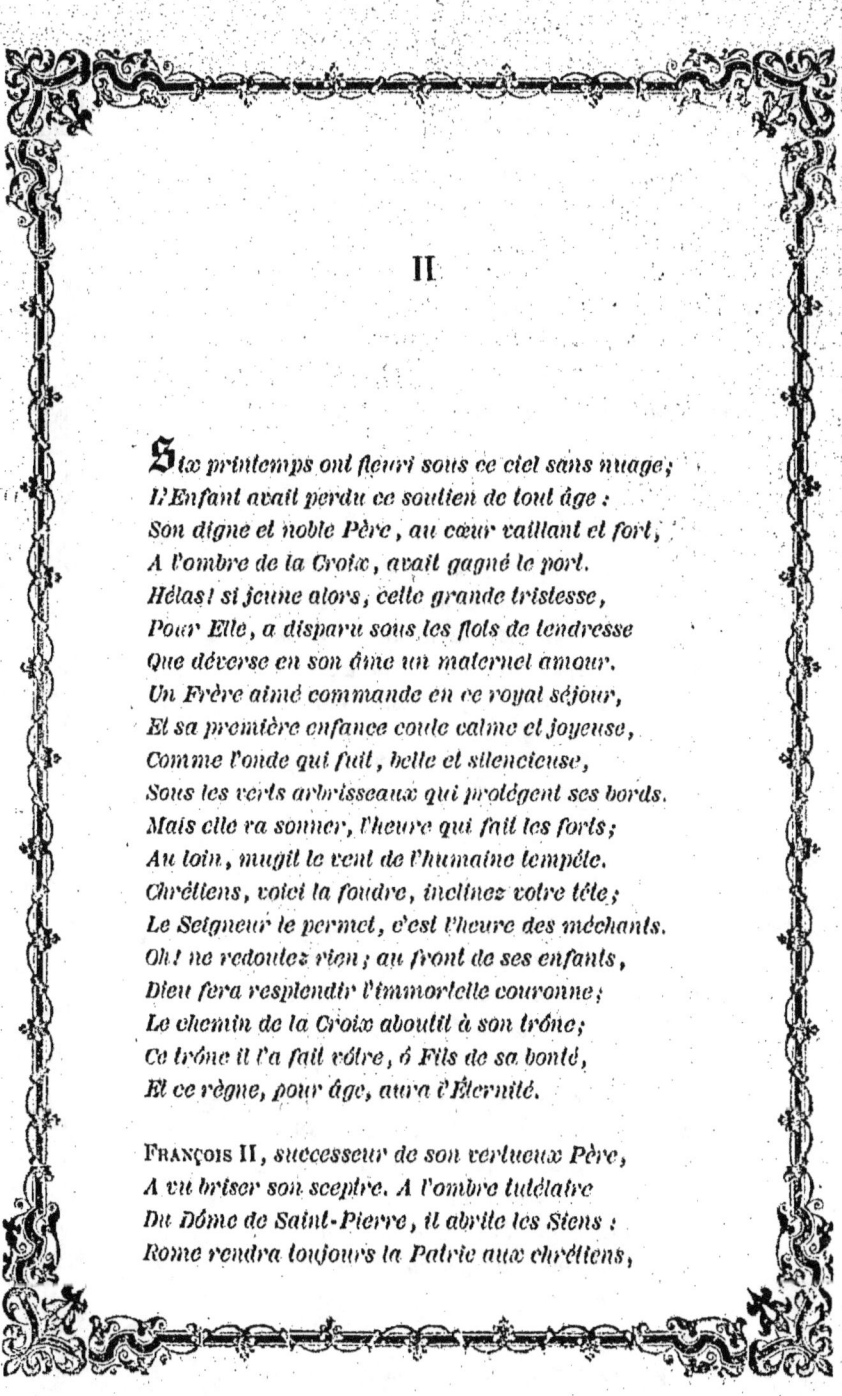

II

Six printemps ont fleuri sous ce ciel sans nuage ;
L'Enfant avait perdu ce soutien de tout âge :
Son digne et noble Père, au cœur vaillant et fort,
A l'ombre de la Croix, avait gagné le port.
Hélas ! si jeune alors, cette grande tristesse,
Pour Elle, a disparu sous les flots de tendresse
Que déverse en son âme un maternel amour.
Un Frère aimé commande en ce royal séjour,
Et sa première enfance coule calme et joyeuse,
Comme l'onde qui fuit, belle et silencieuse,
Sous les verts arbrisseaux qui protègent ses bords.
Mais elle va sonner, l'heure qui fait les forts ;
Au loin, mugit le vent de l'humaine tempête.
Chrétiens, voici la foudre, inclinez votre tête ;
Le Seigneur le permet, c'est l'heure des méchants.
Oh ! ne redoutez rien ; au front de ses enfants,
Dieu fera resplendir l'immortelle couronne ;
Le chemin de la Croix aboutit à son trône ;
Ce trône il l'a fait vôtre, ô Fils de sa bonté,
Et ce règne, pour âge, aura l'Éternité.

François II, successeur de son vertueux Père,
A vu briser son sceptre. A l'ombre tutélaire
Du Dôme de Saint-Pierre, il abrite les Siens :
Rome rendra toujours la Patrie aux chrétiens,

Avant l'exil réel, Dieu ménage une halte,
Et, dans ces lieux bénis où tout grandit, s'exalte
Sous le regard aimé de son Pontife saint,
Ces élus de son Cœur sont conduits à dessein.
Comme une belle fleur croissant dans la vallée,
Là va s'épanouir MARIE-IMMACULÉE;
Là va briller plus vif, sur son front virginal,
De sa gloire future, un rayon matinal.

Mais comment vous louer, ô courageuse Reine,
Vous, de ces chers sujets, l'aimable souveraine,
Vous qui sûtes, pour Dieu, former ces jeunes cœurs,
Écarter de leurs pas les piéges séducteurs !
O Mère, je comprends la douce récompense :
Sur ces fronts si chéris, resplendit l'innocence,
Et votre saint regard rencontre tant d'amour
Que, sur vos durs labeurs, il n'est pas de retour.

Sous le soleil de Rome et l'aile de sa Mère,
MARIE-IMMACULÉE ignorait de la terre
Les soucis, la misère et le triste chaos.
Son cœur, d'un bonheur pur, savourait le repos.
Chaque jour, en passant, apportait à son âme
Un lumineux rayon, une plus vive flamme;
Chaque jour, on voyait s'élever vers les cieux,
Cette plante où germaient des fruits délicieux.
Sa tendre piété, sa ferveur angélique
Faisaient, de cette Enfant, un être séraphique;
Son regard ferme et doux commandait le respect,
On sentait Dieu présent à son candide aspect.
Un jour, Celle qui fut, pour cette âme bénite,
Une seconde mère, une sublime amie,
Au pied du Crucifix, la surprend à genoux,
Le visage enflammé, les yeux fixes et doux.
Surprise à cette vue, elle attend en silence

Que la céleste Enfant remarque sa présence;
Puis elle appelle en vain, car l'Ange était aux cieux,
La terre n'avait plus que son corps gracieux.
Émue, elle courut en avertir la Reine,
Et leurs soins réunis ne purent qu'avec peine
Rappeler ici-bas le séraphique esprit
De Celle que déjà possédait Jésus-Christ.

O douce Enfant, dans ta prière,
Te disait-Il le bon Jésus,
Que ta trop rapide carrière
Serait longue par tes vertus!

Voyais-tu la Vierge Marie
Tresser, de son auguste main,
La couronne que la Patrie
Te réservait au lendemain?

Apercevais-tu ton bon Ange
Te préparer la harpe d'or
Dont chaque note est la louange
Du Dieu qui fut ton seul trésor?

Enfant, pourquoi quitter la terre
Où tu rencontres tant d'amour?
Ah! pense aux larmes que ta Mère
Verserait à ton dernier jour!

Du Ciel tu contemples les charmes,
De cet exil tu ne veux plus;
Mais songes-tu qu'en nos alarmes,
Nous aussi possédons Jésus?

Bientôt de la divine Hostie
Tu savoureras la douceur;
Attends, Enfant, l'Eucharistie
Pour mieux connaître ton Sauveur.

Au Ciel, Jésus montre sa gloire,
Au Ciel, Il donne son bonheur;
Mais ici, pour chaque victoire,
Dans l'Hostie Il donne son Cœur.

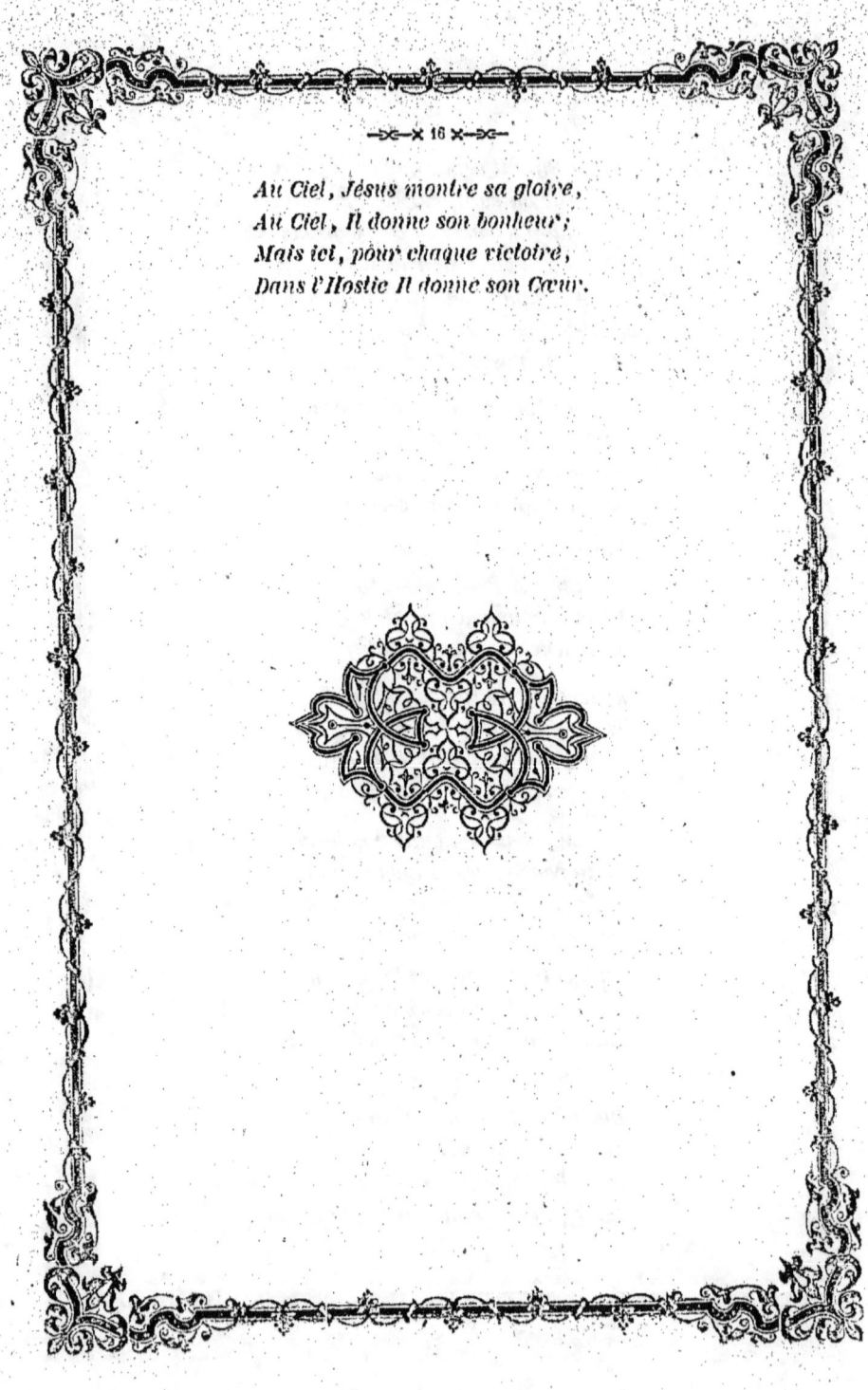

III

Voici venir ce jour de divine allégresse,
Où notre Dieu se fait (incroyable tendresse!)
L'âme, le cœur, le corps de tout jeune chrétien;
Ce jour où notre sang s'obimant dans le Sien,
Se transforme et féconde une race flétrie,
Une terre où croîtront les fleurs de la Patrie.
L'angélique Princesse attend ce doux bonheur,
Et, pour l'Hôte sacré, pare son jeune cœur.
Pour gardiens, Elle y met l'oraison, le silence;
Elle y place, à côté du lis de l'innocence,
Le fruit du sacrifice; et son oiseau chéri,
Son joyeux épagneul, son jouet favori,
Contre un fatal arrêt, ne trouveront pas grâce:
Sa main écarte tout: à Jésus seul la place,
A Lui seul sa pensée, à Lui son cœur si pur;
Pour que, de son beau ciel, rien ne trouble l'azur,
A son Patron chéri, saint Louis de Gonzague,
Par un pacte enfantin, Elle promet sa bague;
Et, belle de candeur, de naïf abandon,
Pour son âme sans tache, implore le pardon.

« Saint que j'aime,
Viens toi-même
Pour me conduire à Jésus;
Dans mon âme,
Mets ta flamme
Et les célestes vertus.

« Fais que pure,
Sans souillure
J'aille au banquet de l'Époux;
Je t'en prie,
T'en supplie,
Doux Patron, à deux genoux.

« Sois mon guide,
Mon égide,
O bien-aimé saint Louis,
Et sur l'onde
De ce monde,
Je vaincrai mes ennemis.

« Pécheresse,
Ta tendresse
Pour moi sera le bonheur.
Vois, mon âme
Te réclame,
Te choisit pour Protecteur,

« Rends-moi bonne,
Et je te donne
Mon bijou de diamant;
Saint que j'aime,
Oh! fais toi-même,
Que je l'obtienne de Maman. »

Enfin, l'aurore a lui ; dans son doux Tabernacle,
    Jésus attend les vœux d'amour ;
Enfant prédestinée, entre dans le Cénacle,
    C'est aujourd'hui ton plus beau jour.

Ne crains pas : c'est l'Ami que ton cœur pur adore,
    L'objet de tes brûlants soupirs ;
Ah! plus que toi, cher Ange, Il l'appelait encore
    Cette heure, but de tes désirs !

Contemple, autour de toi, ton heureuse Famille,
    Vois tous ces regards attendris,
Vois comme, sur leurs fronts, l'intime bonheur brille,
    Vois la beauté du saint parvis !

L'autel a revêtu sa plus riche parure,
    L'orgue frémit ses saints accents,
Et, symbole sacré de la prière pure,
    Monte un blanc nuage d'encens.

Mais non, tu ne vois rien, car LUI seul te captive :
    « Pontife, hâtez mon bonheur,
« Ne me retenez plus sur la terrestre rive,
    « Donnez, donnez-moi mon Sauveur ! »

«VOICI L'AGNEAU DE DIEU!» Moment de pure ivresse,
    Goûte le Froment des Élus.
Tu possèdes enfin l'objet de ta tendresse,
    Tu peux adorer ton Jésus !

Naguère, à pareil jour, ô mystère ineffable !
    Il se faisait petit enfant !
Ah ! combien, à la Crèche, à son humide étable,
    Il préfère ton cœur aimant !

Mais tout à l'heure, Enfant, son amour va te dire
Ses intimes secrets ;
A tous ceux qu'Il chérit, maintes fois Il fait lire
Les célestes décrets.

Il va te révéler un sublime mystère,
Écoute bien sa voix
T'offrir ses deux amours : l'amour pur de sa Mère,
L'amour fort de sa Croix.

Oh! recueille avec soin ce divin héritage,
Il conduit au bonheur ;
Jésus, dans ce beau jour, t'en présente le gage
Par le don de son Cœur.

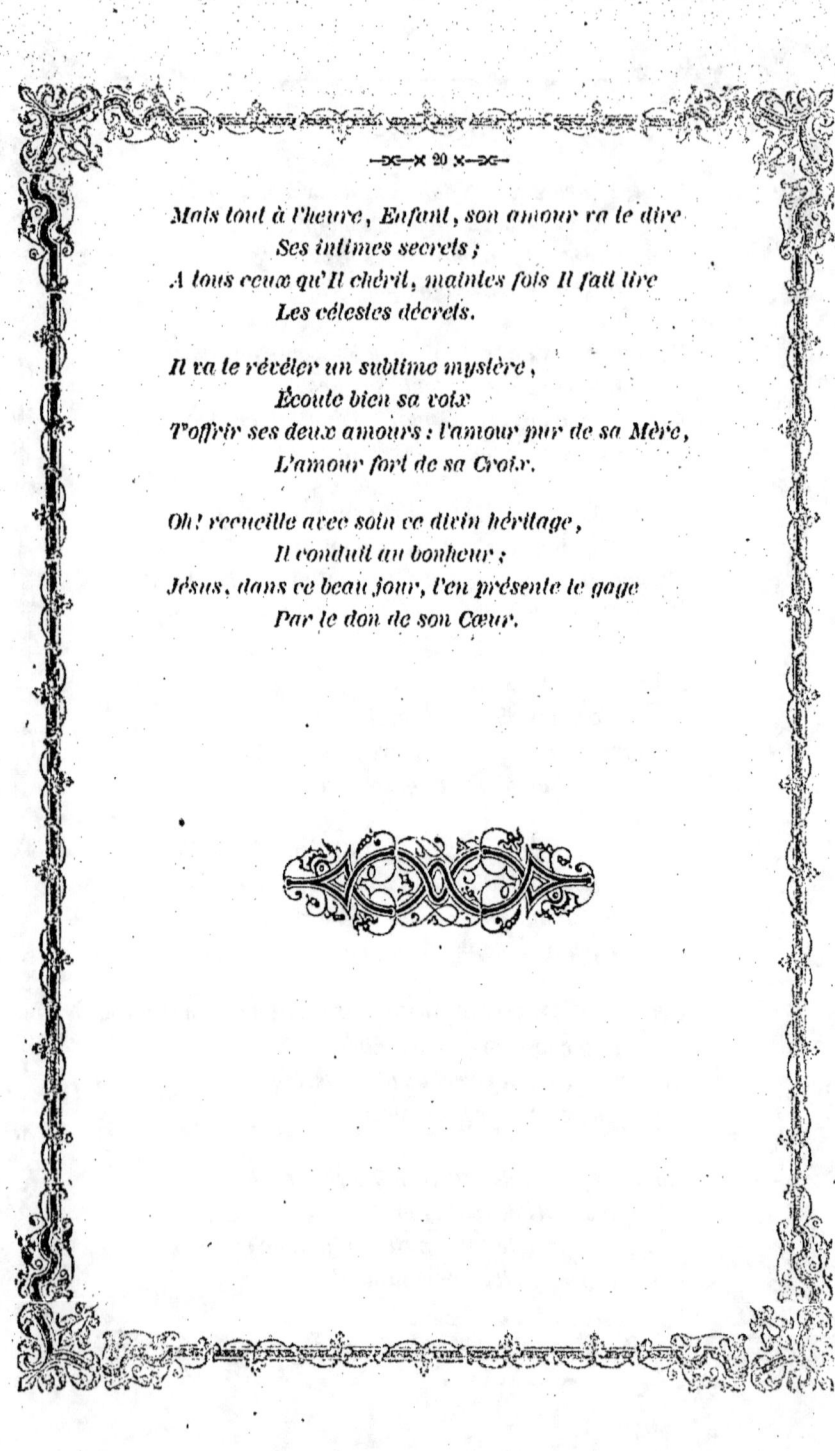

IV

Deux hivers ont passé sans refroidir la flamme
Que la charmante Enfant recèle dans son âme :
Elle a su conserver, à son céleste Époux,
Cet amour tendre et pur dont Il est si jaloux.
La Charité, la Paix, l'aimable Modestie,
Ces fleurs que fait germer la sainte Eucharistie,
Sur son front virginal gravent leurs doux attraits :
Sa vertu si précoce éclate en mille traits.
Mais l'honneur qu'Elle fuit, sur Elle déjà tombe,
Et Rome a salué sa petite Colombe ;
Le pauvre que soutient son charitable bras,
S'incline pour baiser la trace de ses pas.

Oh ! qu'il est beau le lis environné d'épines !
Comme s'exhale encor, de ses senteurs divines,
        Un arôme plus pur !
Comme sa tige alors se dégage et s'élance,
Ouvrant son blanc calice, emblème d'innocence,
        Vers la voûte d'azur !

Il en advient ainsi des âmes que MARIE
Veut guider sûrement vers la sainte Patrie :
        Elle entoure ses fleurs
De ronces, fait couler près d'elles l'onde amère ;
Et leur sève ne trouve à puiser sur la terre
        Qu'une source de pleurs.

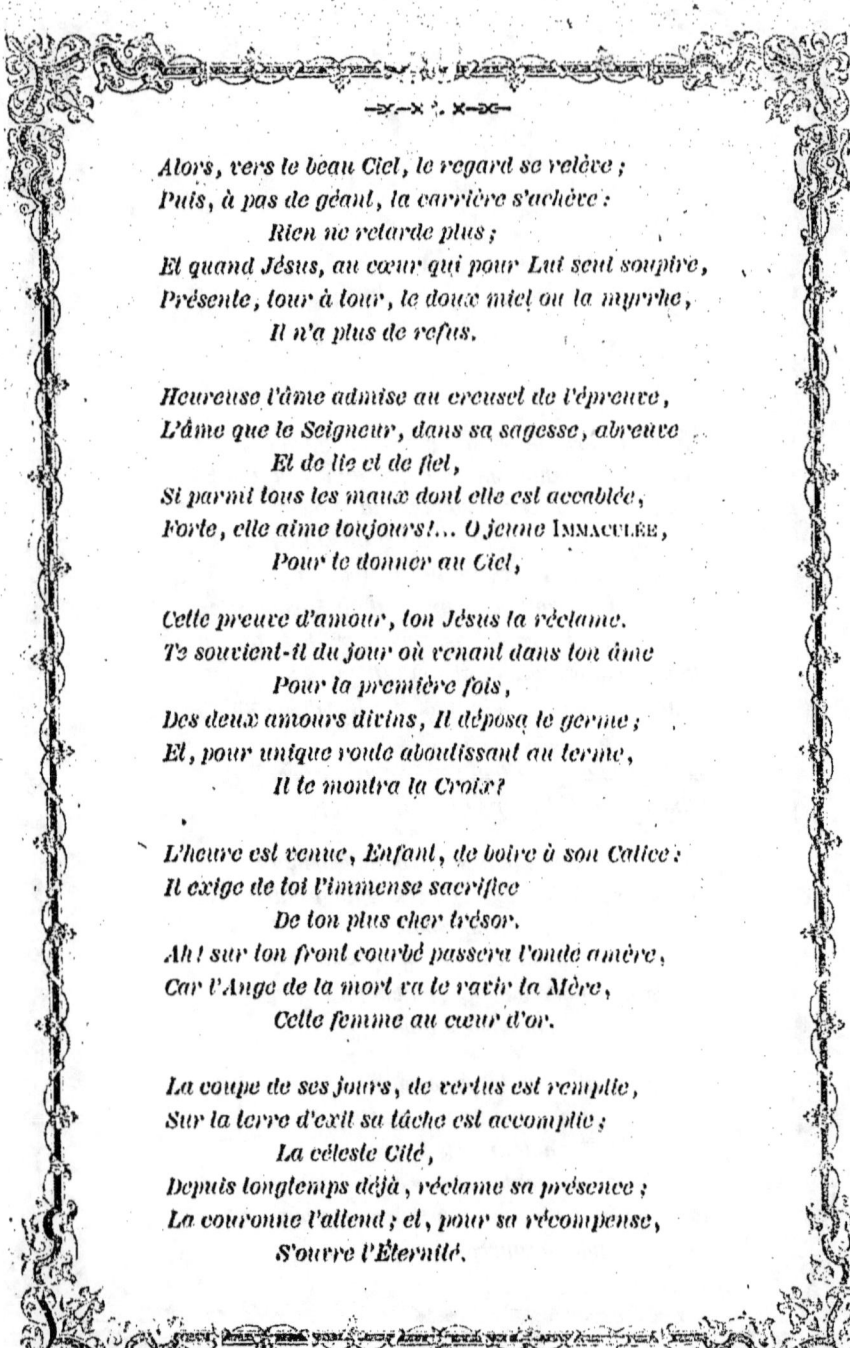

Alors, vers le beau Ciel, le regard se relève ;
Puis, à pas de géant, la carrière s'achève :
      Rien ne retarde plus ;
Et quand Jésus, au cœur qui pour Lui seul soupire,
Présente, tour à tour, le doux miel ou la myrrhe,
      Il n'a plus de refus.

Heureuse l'âme admise au creuset de l'épreuve,
L'âme que le Seigneur, dans sa sagesse, abreuve
      Et de lie et de fiel,
Si parmi tous les maux dont elle est accablée,
Forte, elle aime toujours!... O jeune IMMACULÉE,
      Pour te donner au Ciel,

Cette preuve d'amour, ton Jésus la réclame.
Te souvient-il du jour où venant dans ton âme
      Pour la première fois,
Des deux amours divins, Il déposa le germe ;
Et, pour unique route aboutissant au terme,
      Il te montra la Croix?

L'heure est venue, Enfant, de boire à son Calice :
Il exige de toi l'immense sacrifice
      De ton plus cher trésor.
Ah! sur ton front courbé passera l'onde amère,
Car l'Ange de la mort va te ravir la Mère,
      Cette femme au cœur d'or.

La coupe de ses jours, de vertus est remplie,
Sur la terre d'exil sa tâche est accomplie ;
      La céleste Cité,
Depuis longtemps déjà, réclame sa présence ;
La couronne l'attend ; et, pour sa récompense,
      S'ouvre l'Éternité.

Mais, comme précurseur, Elle députe un Ange;
Et le Seigneur enrôle, en la sainte Phalange,
    Un Chérubin de plus.
Ton cœur le chérissait, ô douce IMMACULÉE;
Ce Frère qui contemple, en la plaine étoilée,
    La face de Jésus!

L'Éternel a voulu cette nouvelle hostie;
Ce noble rejeton de votre Dynastie,
    Innocent et pieux,
Trempa sa lèvre pure au calice mystique,
Et, le cœur embaumé du miel Eucharistique,
    S'envola radieux.

Et, du seuil entr'ouvert de la première tombe,
Tu vois planer encore, ô plaintive Colombe,
    L'Ange des noirs cyprès!
Tu pleures; tu l'as vu toucher, au front, la Mère.
Allons courage, Enfant, il te faut du Calvaire
    Gravir les hauts dégrés.

Tu cherches ce regard dont la vive tendresse,
En ton âme, portait la paix et l'allégresse;
    Mais le divin Pasteur,
A ses tendres brebis, sait mesurer la laine;
Il ne veut pas, Jésus, que ton immense peine
    Soit sans consolateur.

Regarde, à tes côtés, cette Sœur si chérie
Qui tant de fois naguère, à l'autel de MARIE,
    Mit sa main dans ta main;
Vois aussi cette Amie à l'âme si sincère,
Enlace les doux noms de Pie et de Lasserre,
    Et crois au lendemain.

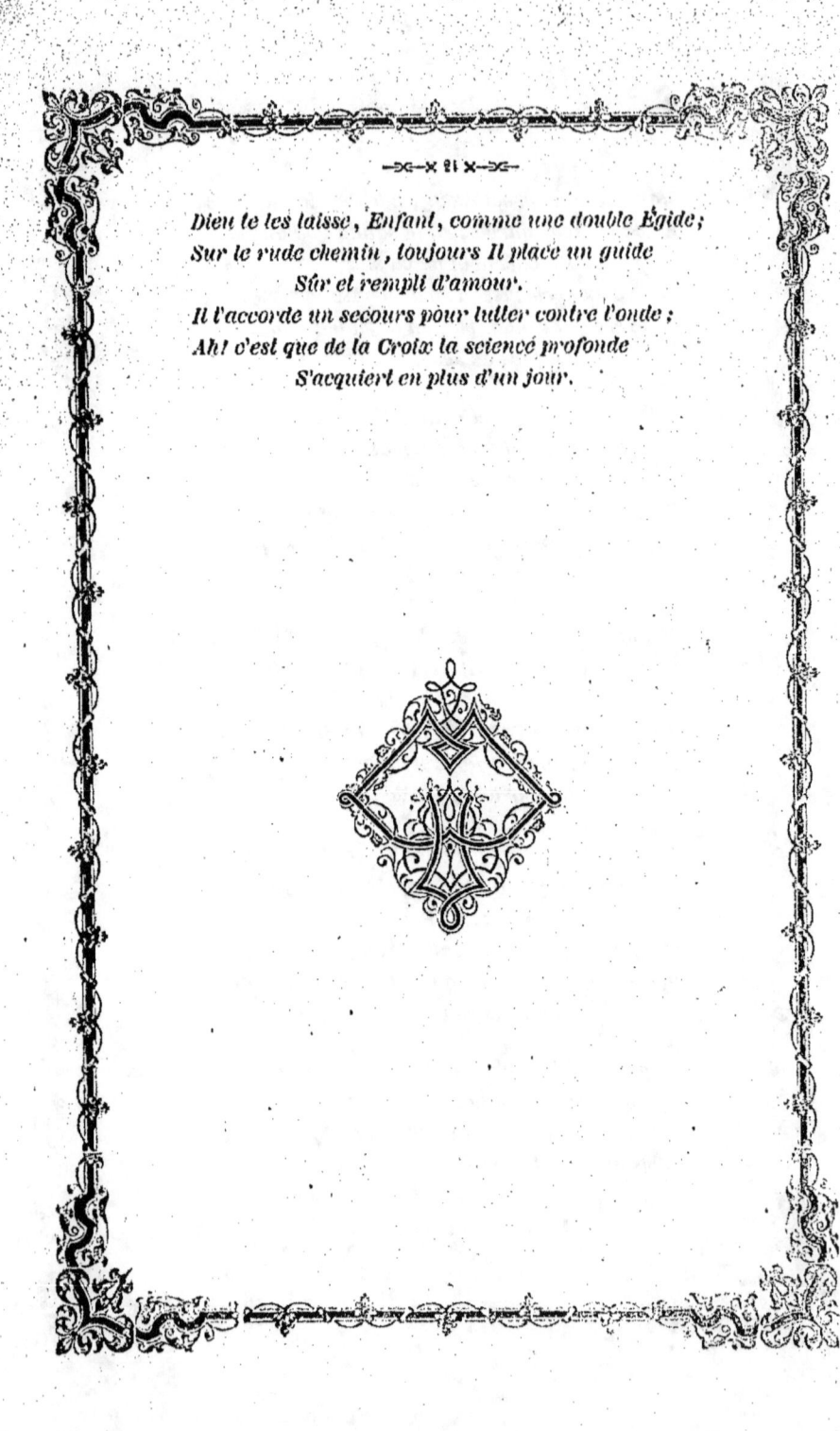

—⚹—✕— 21 —✕—⚹—

Dieu te les laisse, Enfant, comme une double Égide ;
Sur le rude chemin, toujours Il place un guide
    Sûr et rempli d'amour.
Il l'accorde un secours pour lutter contre l'onde ;
Ah ! c'est que de la Croix la science profonde
    S'acquiert en plus d'un jour.

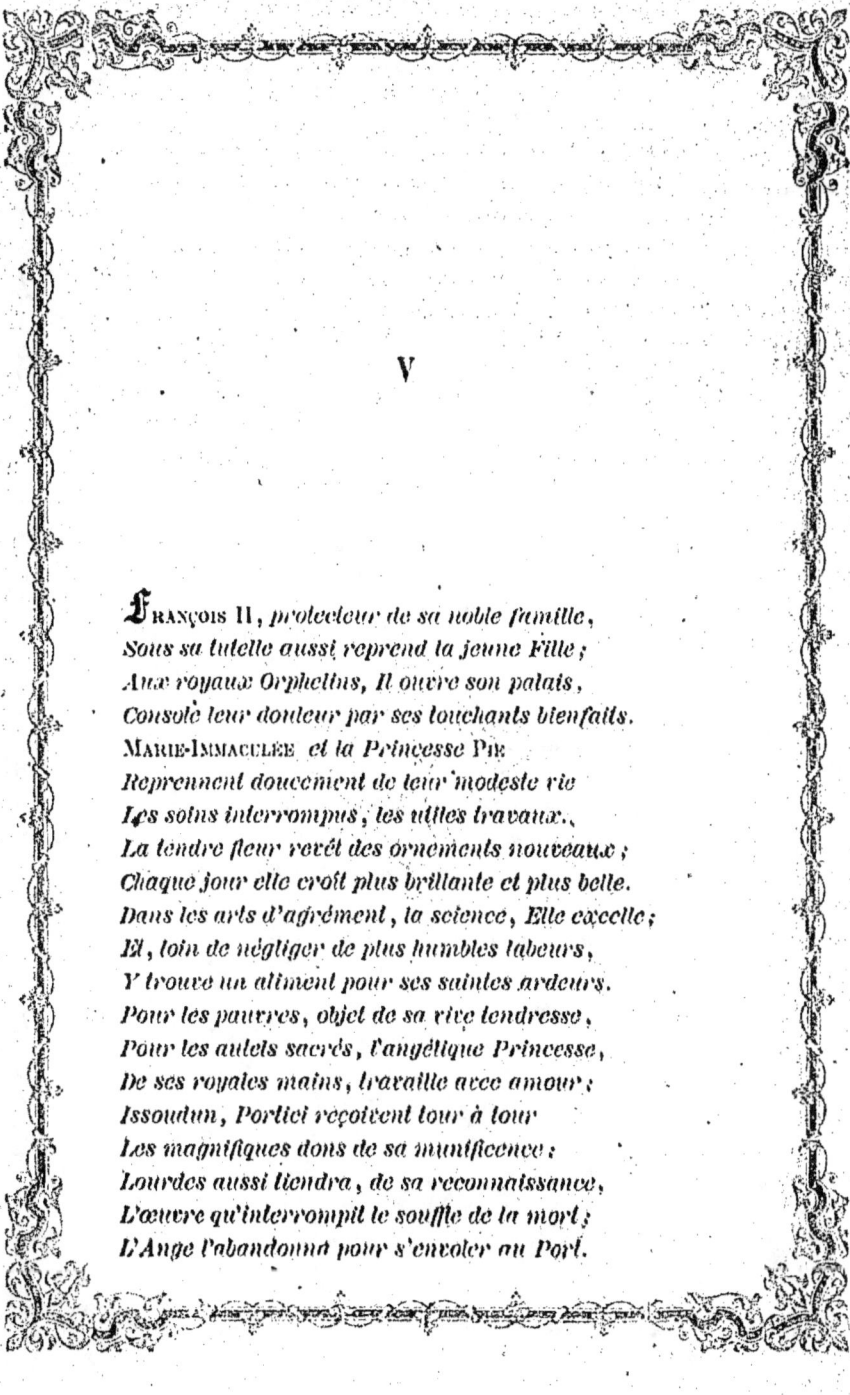

V

FRANÇOIS II, protecteur de sa noble famille,
Sous sa tutelle aussi reprend la jeune Fille ;
Aux royaux Orphelins, Il ouvre son palais,
Console leur douleur par ses touchants bienfaits.
MARIE-IMMACULÉE et la Princesse PIE
Reprennent doucement de leur modeste vie
Les soins interrompus, les utiles travaux,
La tendre fleur revêt des ornements nouveaux ;
Chaque jour elle croît plus brillante et plus belle.
Dans les arts d'agrément, la science, Elle excelle ;
Et, loin de négliger de plus humbles labeurs,
Y trouve un aliment pour ses saintes ardeurs.
Pour les pauvres, objet de sa vive tendresse,
Pour les autels sacrés, l'angélique Princesse,
De ses royales mains, travaille avec amour ;
Issoudun, Portici reçoivent tour à tour
Les magnifiques dons de sa munificence ;
Lourdes aussi tiendra, de sa reconnaissance,
L'œuvre qu'interrompit le souffle de la mort ;
L'Ange l'abandonna pour s'envoler au Port.

Mais ces brillants dehors, présents de la nature,
Pour cette âme d'élite, étaient une parure
Servant à rehausser sa mystique beauté.
De plus riches trésors : la sainte humilité,
La bonté, la candeur, l'aimable complaisance,
Mille fois, dans son cœur, signalent leur présence ;
Loin d'Elle rejetant de futiles atours,
A Rome, pour modèle, on la cite toujours.

Comme naguère il fut pour le bon Saint d'Assise,
La nature à sa voix parut un jour soumise ;
Si charmantes étaient sa grâce, sa douceur,
Qu'à sa vue, un oiseau, laissant là toute peur,
Dans sa chambre élisait son joyeux domicile,
Et toujours, sur ses pas, il accourait docile.

    — Où donc vas-tu, gentil oiseau ?
    Loin du bosquet, ton roi s'égare ;
    Pour toi se montre-t-il avare,
    Ce vert abri du passereau ?
    Crois-tu dans ce palais splendide,
    Découvrir quelques grains de mil ? »
    — « Non, pour écouter mon babil,
    J'y rencontre une âme candide. »

    — Petit oiseau, vers la villa,
    En cet instant, quoi donc te presse ?
    Et, sur les pas de la Princesse,
    Pourquoi voltiger çà et là ?
    Crois-moi, retourné à la vallée,
    Tu seras mieux, pauvre petit. »
    — Oh ! non ; je vois IMMACULÉE,
    Loin d'Elle, rien ne me sourit. »

— Cher passereau, le chat te guette,
De l'œil il suit tes gais ébats ;
Le méchant, sûr de sa conquête,
T'attend ; oh ! ne va pas là - bas !
   — Non , non , car la douce Princesse,
Heureuse de me voir venir,
Déjà prépare une caresse,
Et près d'Elle je veux mourir. »

VI

Quel bruit inusité règne en la ville sainte ?
    Pourquoi ces pleurs, ces cris d'effroi ?
Ce peuple épouvanté courant dans son enceinte
    Vers le Pontife-Roi ?

Oh ! grand est le sujet de ces vives alarmes,
Car au loin retentit le cliquetis des armes.
    Une horde en fureur
A juré d'assouvir sa haine sacrilége ;
Bientôt, elle envahit les États du Saint-Siége
    Et veut détrôner le Pêcheur.

Mais, semblable au rocher que frappe en vain l'orage,
Le saint Pilote est là, debout sur le rivage ;
    De son regard si doux,
A son peuple tremblant, Il montre l'Espérance,
Et chacun, à sa vue, oubliant la souffrance,
    Prie, en tombant à deux genoux.

Et soudain s'élança, du milieu de la plaine,
    Un noble et valeureux essaim.
« En avant ! disent-ils, que notre bras refoule
    « Ces loups de la terre des Saints. »

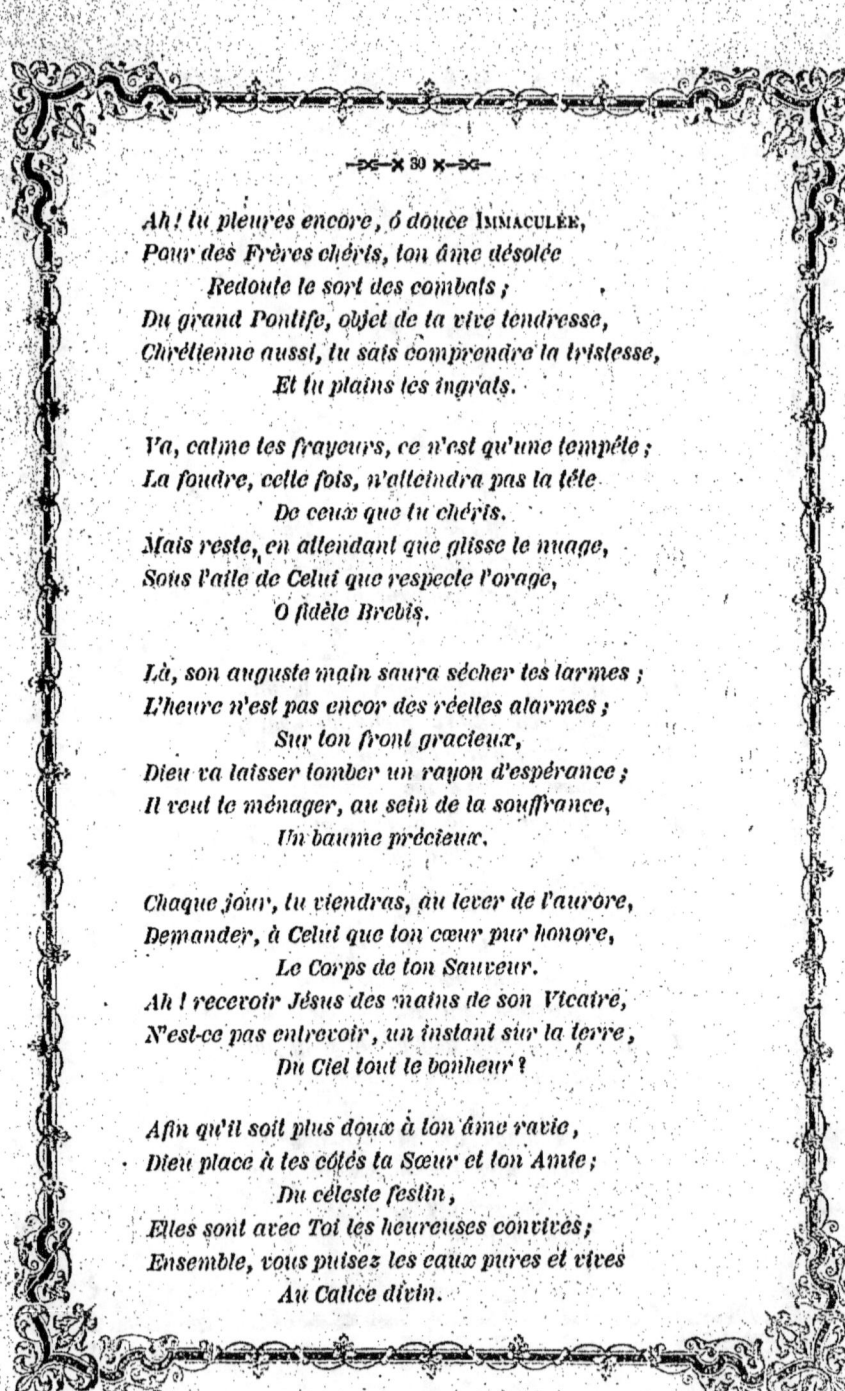

Ah ! tu pleures encore, ô douce Immaculée,
Pour des Frères chéris, ton âme désolée
    Redoute le sort des combats ;
Du grand Pontife, objet de ta vive tendresse,
Chrétienne aussi, tu sais comprendre la tristesse,
    Et tu plains les ingrats.

Va, calme les frayeurs, ce n'est qu'une tempête ;
La foudre, cette fois, n'atteindra pas la tête
    De ceux que tu chéris.
Mais reste, en attendant que glisse le nuage,
Sous l'aile de Celui que respecte l'orage,
    O fidèle Brebis.

Là, son auguste main saura sécher tes larmes ;
L'heure n'est pas encor des réelles alarmes ;
    Sur ton front gracieux,
Dieu va laisser tomber un rayon d'espérance ;
Il veut te ménager, au sein de la souffrance,
    Un baume précieux.

Chaque jour, tu viendras, au lever de l'aurore,
Demander, à Celui que ton cœur pur honore,
    Le Corps de ton Sauveur.
Ah ! recevoir Jésus des mains de son Vicaire,
N'est-ce pas entrevoir, un instant sur la terre,
    Du Ciel tout le bonheur ?

Afin qu'il soit plus doux à ton âme ravie,
Dieu place à tes côtés ta Sœur et ton Amie ;
    Du céleste festin,
Elles sont avec Toi les heureuses convives ;
Ensemble, vous puisez les eaux pures et vives
    Au Calice divin.

Ensemble, vous pleurez sur les maux de l'Église,
Et dans sa coupe d'or,
L'Ange a reçu vos pleurs; sur l'aile de la brise,
Il monte les verser dans l'éternel trésor.

Soudain un nom nouveau vient frapper vos oreilles,
Des soldats de Sion, il chantait les merveilles,
Et l'écho l'apporta;
Il traverse, embaumé du parfum de la gloire,
Ces lieux où retentit le cri de la Victoire,
Le noble nom de Mentana!

Au Pontife, il redit l'ineffable tendresse
De son peuple chéri;
Et l'univers entier, partageant son ivresse,
Répète, avec transport, l'hymne de l'allégresse
Sous l'œil de PIE-NEUF attendri.

. . . .

L'orage a fui. Colombes, quittez l'arche;
A votre premier nid, il vous faut revenir;
Mais, de ces jours bénis, dans votre humaine marche,
Gardez toujours le souvenir.

Comme Elle vénérait, l'aimable IMMACULÉE,
Du Vicaire du Christ, la Majesté voilée!
Comme son cœur payait, d'un filial retour,
De l'auguste PIE-NEUF, le paternel amour!
Quand parfois, au milieu de son peuple fidèle,
Le Pontife passait dans la Ville éternelle,
La colombe de Naple, attachée à ses pas,
Cherchait son doux regard et ne le quittait pas.
Avec le soin jaloux de la reconnaissance,
Elle gardait les dons de sa munificence;

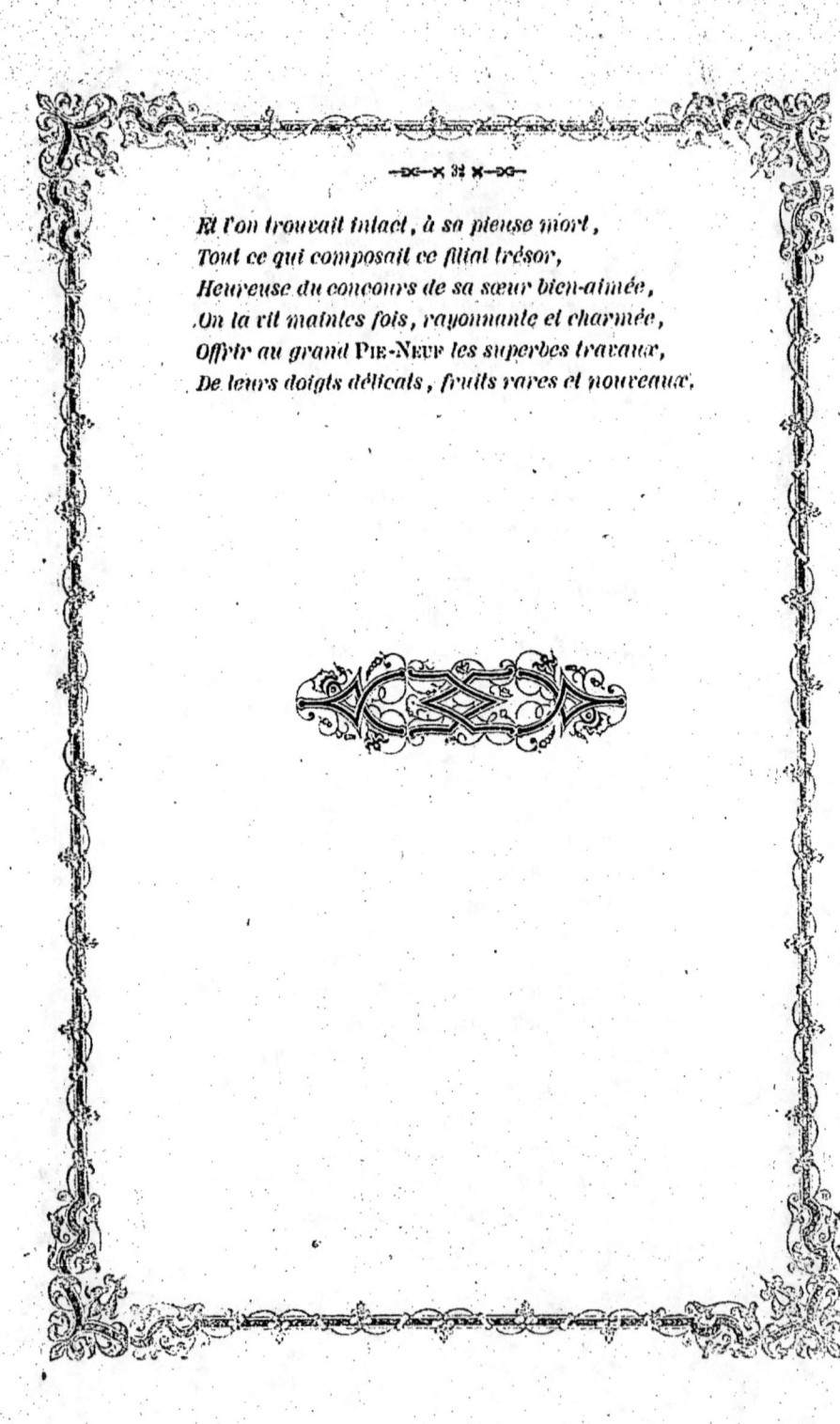

Et l'on trouvait intact, à sa pieuse mort,
Tout ce qui composait ce filial trésor,
Heureuse du concours de sa sœur bien-aimée,
On la vit maintes fois, rayonnante et charmée,
Offrir au grand PIE-NEUF les superbes travaux,
De leurs doigts délicats, fruits rares et nouveaux.

VII

Sur le sommet du mont déjà gronde la foudre,
    Et l'horizon est noir ;
C'est l'heure des Maudits. Ils vont réduire en poudre
    Tout !... excepté l'espoir.

La horde sous les murs de la Ville des Papes
    Ose dresser son camp ;
Une à une, elle a fait ses lugubres étapes
    Jusques au Vatican.

C'est la Croix du Sauveur, pieuse Immaculée.
    La triste aurore a lui
Où, dans une autre Égypte, Il te veut exilée,
    Naguère comme Lui.

La Rome de Pie-Neuf, ta seconde Patrie,
    On t'oblige à la fuir ;
Et, loin du ciel si beau de la chère Italie,
    Il te faudra mourir.

Innocente victime, en la terre étrangère,
    Suis ta Famille en pleurs ;
Abandonne, il le faut, ton Pontife, ton Père,
    Sur le Mont des douleurs.

Tu ne reverras plus sa suave figure,
      Son front toujours serein ;
Il ne passera plus, sur la tête si pure,
      Sa sainte et douce main.

Car, avant de l'offrir la couronne divine
      Au séjour des Élus,
Dieu te réserve encore une cruelle épine
      De celles de Jésus.

Forte sous le fardeau de cette rude épreuve,
La royale Famille au calice s'abreuve ;
Et, le regard de l'âme attaché sur le Ciel,
Sans crainte, Elle en aspire et la lie et le fiel.
De pays en pays, promenant sa souffrance,
Elle se fixe enfin sur la Terre de France :
Son sol est moins aride et son climat plus doux ;
Au pied du même autel, elle tombe à genoux,
Cette France, la sœur de leur belle Patrie,
De l'immortel PIE-NEUF, *la fille si chérie.*
La Princesse, en ces lieux, fait resplendir encor
De son cœur virginal l'ineffable trésor.
Les pauvres de Jésus, ses plus chères délices,
Déjà disent le nom des nobles bienfaitrices
Que cet ange conduit chaque jour sur leurs pas.
La Fille de nos Rois, loin de trouver trop bas
D'écouter le récit de leurs peines amères,
Veut alléger le poids de leurs tristes misères.
Jusques aux plus petits, prodiguant ses doux soins,
Les enfants, à sa voix, forment leurs gais essaims,
Et, dans leur jeune cœur, la vigilante Abeille,
De la Religion, implante la merveille.

VIII

Épris de ses vertus, un Prince jeune et bon,
Issu, comme Elle aussi, de l'arbre de Bourbon,
Veut, à la fleur de Naple, unir le lis de Parme,
La Princesse accueillit, sous ce nom plein de charme,
Celui que le Seigneur lui choisit pour Époux.
Ah! qui songeait, alors, que ce lien si doux,
Par si peu de soleils compterait sa durée!
Pour la noce du Ciel, cette âme était parée,
Et de son pur amour le Ciel était jaloux.

Tandis que le saint Ange lui tresse une couronne,
Le Seigneur veut encor qu'ici-bas Elle donne,
Dans ce nouvel état, un exemple de plus.
Il la fera marcher, dans ces chemins ardus,
Sans qu'aux ronces, jamais, sa robe se déchire ;
Et son royal Époux, d'Elle aussi, pourra dire :
« Je perds l'ange gardien, le guide de mes jours ;
« Son noble et vaillant cœur fut mon soutien toujours. »
Oh! qu'il y a loin d'Elle à ces femmes légères
Qui, le front couronné de roses éphémères
Dont l'éclat peut durer l'espace d'un matin,
Sans cesse, des méchants, attirent le venin !

Qui, de leurs saints devoirs, dédaignant la noblesse,
Dépensent leur bonheur dans une folle ivresse
Et rencontrent souvent, quand arrive le soir,
Assis près du foyer, le sombre désespoir !
Dès qu'à ce saint état Elle fut appelée,
Avec un soin pieux, la sage IMMACULÉE,
De son intérieur, règle tout le détail :
Chaque jour a son but, chaque heure son travail ;
Son cœur a tout prévu. Sa suave présence
Est le rayon de miel, la pure jouissance
De tout ce qui l'entoure ; et son heureux Époux
Goûte une immense paix sous son regard si doux.

Mais la céleste fleur se flétrit sur sa tige ;
En vain, de l'art humain, employant le prestige,
On la veut transporter sous de terrestres cieux ;
Il lui faut, désormais, la divine atmosphère,
Il lui faut tout l'éclat de l'auguste lumière
     Et des sucs plus substantiels.

IX

L'Ange va déployer ses ailes
Pour s'envoler vers le ciel bleu,
Bien loin de nos ombres mortelles,
Jusques sous le regard de Dieu.

D'une Sœur, d'un Époux, la sublime tendresse,
A la faux de la Mort, dispute la Princesse;
Vains efforts : dans son sein croît le germe du mal,
Amenant, d'heure en heure, un dénoûment fatal.
L'Égypte, Cauterets, soins de la médecine,
Luz, Lourdes et les eaux de sa sainte piscine,
Tout, contre ses progrès, demeure infructueux.
La victime le sent, mais son cœur généreux
S'incline avec respect sous la volonté sainte,
Et ne laisse échapper ni murmure ni plainte.
Dès lors, ne songeant plus qu'à dignement mourir,
Pour la première fois, Elle exprime un désir.
Voulant, à son chevet, un fils de saint Ignace,
A l'abri de leurs murs, Elle implore une place.
Pour exaucer ses vœux, on la transporte à Pau:
(Berceau de ses Aïeux, tu seras son tombeau!)
Là, l'implacable mal fait des progrès rapides;
Il va faire briller ces vertus si solides

Dont l'humble Immaculée a trouvé le secret,
Au loin resplendira leur merveilleux reflet.
Sur son lit de douleur, l'angélique mourante,
Nouveau prédicateur à la voix éloquente,
Avant de nous léguer sa vie en souvenir,
A tous, enseignera comme l'on doit mourir.

Son vertueux Époux, digne de sa belle âme,
Amène à son chevet celui qu'Elle réclame
Pour l'aider à franchir l'abîme de la mort
En guidant son esprit vers le céleste Port.
Le Père, avec respect, accueille sa prière.
De la mourante, alors, la demande première
Est qu'on daigne, en sa chambre, élever un autel
Afin d'y conserver l'Holocauste immortel.
Son tendre cœur a faim de la divine Hostie,
Car, on le sait déjà, la sainte Eucharistie
Était son aliment presque quotidien,
Et son âme appelait ce mystique soutien
Dont depuis plusieurs jours Elle pleurait l'absence.
Il vint, l'auguste Ami, calmer par sa présence
L'angoisse que tentait d'élever l'ennemi ;
Et tout trouble, dès lors, loin d'Elle fut banni.
Connaissant du Seigneur la grandeur infinie,
Elle voulut encor, sur sa pieuse vie,
Promener, de la Foi, le lumineux flambeau,
Interroger son cœur avec un soin nouveau.
Le Père, confident des aveux de cet Ange,
Put adresser au Ciel un hymne de louange,
Rendre grâce à ce Dieu dont le regard si bon
Fit fleurir cette fleur sur l'arbre de Bourbon.

Mais il fallait régler les choses temporelles.
La Princesse prélude à ces peines nouvelles

En savourant encor le Pain qui fait les forts ;
Et Jésus bénissant ses sublimes efforts,
Elle put soutenir cette rude séance
Qui lui fit tant de droits à la reconnaissance.
Chef-d'œuvre de bonté, ce royal Testament
Reste de sa vertu l'éternel monument ;
Aux pauvres de Jésus, les dons de sa largesse ;
A ceux qu'Elle a chéris, des marques de tendresse ;
A ses bons serviteurs, un noble souvenir,
La Vierge d'Issoudun, dont Elle est Zélatrice,
D'un magnifique legs, recevra pour prémice
De son trop court hymen les gages précieux ;
Et Lourdes compte aussi son présent glorieux.
Pour le Pauvre oublié dans ses saints Tabernacles,
Ah ! la mourante, alors, sait faire des miracles ;
A chaque sanctuaire, Elle veut tour à tour
Laisser un souvenir de son brûlant amour :
Linge, vases sacrés, ornements, fleurs brillantes,
Ostensoir merveilleux aux pierres flamboyantes,
Tout semble, à cet instant, lui prêter mille voix
Pour dire sa tendresse à ce doux Roi des rois.
Pour les chrétiens encore, ici, quel noble exemple !
Eux qui, peu soucieux de la gloire du temple
Où Dieu daigne, pour eux, établir son séjour,
Le laissent dénué sur son trône d'amour !

Il est pauvre Celui qui possède les mondes,
Qui rend le soleil pur et les plaines fécondes ;
Qui fait étinceler, sur l'herbe, ses rubis,
Sème ses diamants dans la voûte étoilée,
Donne la blanche robe au lis de la vallée
Et la laine aux brebis !

Oui, l'amour l'a fait pauvre ! et voulant, sur la terre,
Soulager de plus près notre triste misère,
Habiter parmi nous,
En cent lieux, Il accepte (ô tendresse ineffable !)
Un plus humble réduit que sa chétive étable,
Pour ne pas nous priver de son regard si doux.

Y songez-vous, chrétiens ? Pour vos palais splendides,
D'un luxe révoltant vous vous montrez avides,
Et, sans compter, votre or s'échappe de vos mains.
Mais pour le Roi des rois donnant avec usure,
Votre cœur égoïste avec lenteur mesure
Du précieux métal à peine quelques grains.

Honte sur vous, chrétiens, puisque cette indigence
Témoigne au monde entier de votre indifférence
Pour votre Dieu Sauveur !
Mais gloire soit à toi, MARIE-IMMACULÉE,
Qui toujours sus chérir sa Majesté voilée,
Et lui voulus léguer et les biens et ton cœur !

X

Enfin, Elle a fini des soucis de la terre;
Heureuse de pouvoir, à cette heure dernière,
Attacher son regard sur son Éternité,
Sa belle âme a repris toute sérénité;
En vain, le mal grandit, la souffrance l'accable,
Rien ne peut altérer ni son calme ineffable,
Ni sa soumission aux ordres de son Dieu.
Cependant loin, bien loin de ce terrestre lieu,
Depuis longtemps déjà s'élance sa pensée.
Jésus attire à Lui cette Prédestinée.
Un instant, Elle croit ouïr le doux concert
Qui l'attend au sortir de ce triste désert,
Mais son Guide lui dit : « C'est demain que l'Église,
« Dont vous fûtes toujours la Fille si soumise,
« De la Reine du Ciel, fête le divin Cœur;
« Obtenez de Marie une double faveur,
« Enfant, vous qui portez son nom d'IMMACULÉE,
« Que par Elle, en ce jour, vous soyez appelée,
« Et que son divin Fils vienne, une fois encor,
« Reposer dans ce cœur dont Il est le trésor. »

Et la Vierge exauça la fervente prière
    De son enfant chéri;
Et, lorsque se leva son aurore dernière,
Elle put arrêter, sur sa Famille entière,
    Son regard attendri.

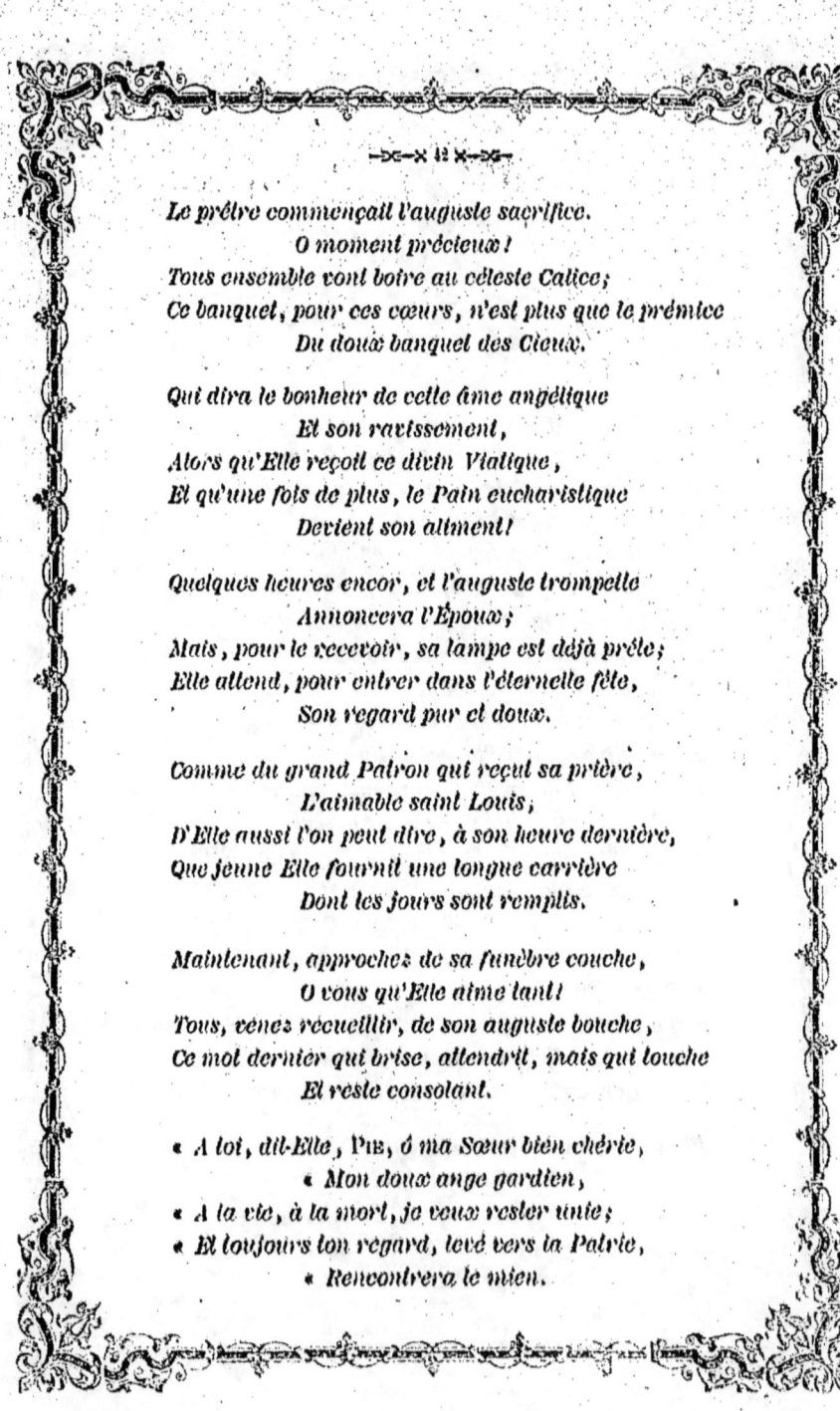

Le prêtre commençait l'auguste sacrifice.
　　　　O moment précieux !
Tous ensemble vont boire au céleste Calice ;
Ce banquet, pour ces cœurs, n'est plus que le prémice
　　　　Du doux banquet des Cieux.

Qui dira le bonheur de cette âme angélique
　　　　Et son ravissement,
Alors qu'Elle reçoit ce divin Viatique,
Et qu'une fois de plus, le Pain eucharistique
　　　　Devient son aliment !

Quelques heures encor, et l'auguste trompette
　　　　Annoncera l'Époux ;
Mais, pour le recevoir, sa lampe est déjà prête ;
Elle attend, pour entrer dans l'éternelle fête,
　　　　Son regard pur et doux.

Comme du grand Patron qui reçut sa prière,
　　　　L'aimable saint Louis ;
D'Elle aussi l'on peut dire, à son heure dernière,
Que jeune Elle fournit une longue carrière
　　　　Dont les jours sont remplis.

Maintenant, approchez de sa funèbre couche,
　　　　O vous qu'Elle aime tant !
Tous, venez recueillir, de son auguste bouche,
Ce mot dernier qui brise, attendrit, mais qui touche
　　　　Et reste consolant.

« A toi, dit-Elle, PIE, ô ma Sœur bien chérie,
　　　　« Mon doux ange gardien,
« A la vie, à la mort, je veux rester unie ;
« Et toujours ton regard, levé vers la Patrie,
　　　　« Rencontrera le mien.

« A ces blonds chérubins placés sous ton égide,
    « Ma bénédiction.
« O ma Sœur, avec toi, je resterai leur guide,
« Pour qu'ils viennent un jour prendre leur place vide
    « Dans la sainte Sion.

« Vous, ma seconde mère, aimable conductrice
    « De mes jours enfantins;
« Ce cœur qui fut votre œuvre, ô noble Institutrice,
« De vous se souviendra, toujours avec délice,
    « Dans les parvis divins. »

Les Princes, tour à tour, auprès de la mourante
    Viennent s'agenouiller,
Recevoir les avis de cette âme innocente;
Aux sublimes accents de sa parole aimante,
Chacun sentait ses yeux, de larmes se mouiller.

L'Ange voulant encore imiter son Modèle,
    L'adorable Sauveur,
Monter pauvre, Elle aussi, vers la Vie éternelle,
A ses amis pleurant sa perte si cruelle,
Offre un doux souvenir et lègue à Dieu son cœur.

Sur son auguste Époux que la douleur oppresse,
    Mais ne fait pas faiblir,
Elle jette un regard d'ineffable tendresse,
Lui donne rendez-vous au séjour d'allégresse,
    Lorsqu'il faudra mourir.

La Princesse demande à être seule encore
Avec son pieux guide et le Dieu qu'Elle adore.
Comment se passe-t-il ce moment précieux
Où sa main va frapper à la porte des Cieux?
On le put deviner aux soupirs tout de flamme

Qui soudain s'échappaient vifs, brûlants de son âme;
Ce cœur de séraphin se consumait d'amour,
Et ne respirait plus que l'éternel séjour.
Jésus, le doux objet de sa tendresse extrême,
Entourait son enfant, à cette heure suprême,
De divines faveurs, de ses grâces de choix,
Pour que de la souffrance Elle soutint le poids.
Environnée encor de sa digne Famille,
Sur son front pâlissant, une immense paix brille,
Ce front où, tout à l'heure, une céleste main,
Du fond du Vatican, traçait le signe saint
Sur son lit de douleur, sont les
De sa dévotion, nobles et pieux
Saint Louis de Gonzague et la Croix   eur,
La Vierge d'Issoudun, Joseph son protecteur.
Ses amis, faisant trève à leur angoisse amère,
De leurs vœux réunis, aident cette âme chère
A franchir le passage, hélas! si redouté,
Qui sépare le temps de notre éternité.
L'Ange va s'envoler vers la voûte céleste,
Mais un double devoir, à cet instant, lui reste :
L'un, tout d'affection pour son auguste Époux,
Et l'autre, pour son cœur, presque également doux :
Près d'Elle, on a placé sa Madone chérie,
Sa main la veut léguer à sa plus chère Amie,
Celle qui fut fidèle à chacun de ses jours,
Et qu'Elle obtint du Ciel de conserver toujours.
Au noble Époux que Dieu lui donna sur la terre,
Elle veut adresser sa parole dernière;
Son œil mourant lui porte un regard attendri,
Et sa bouche expirante a murmuré : « HENRI ! »
Puis d'une main, prenant ses pieuses images,
De l'autre, un crucifix, doux et sublimes gages

De sa profonde foi, de son ardent amour,
Le front pur et serein comme au soir d'un beau jour,
Elle incline la tête, en saluant Marie,
Et passe de l'exil à la sainte Patrie.
Si paisible est sa mort, si calme son trépas,
Que sa Famille en pleurs ne le remarque pas.

Il est derrière la muraille,
Jésus, son Époux adoré.
Que majestueuse est sa taille,
Resplendissante sa beauté !
Sa voix est une mélodie :
A ses accents, l'âme ravie
A brisé ses liens mortels ;
Par une route lumineuse,
Il la dirige, radieuse,
Vers les Portiques éternels.

Elle était belle, Elle était pure,
Elle présenta, sans souillure,
Sa robe aux noces de l'Agneau ;
Admise au séjour de la gloire,
Elle chante, de la victoire,
Le cantique toujours nouveau.

Vous à qui cette âme fut chère,
Oh ! regardez loin de la terre :
Dieu l'a voulu, ce beau trésor,
Pour la plaine où l'étoile brille ;
Et, sous la céleste faucille,
Il est tombé votre épi d'or !

Déjà sa dépouille mortelle
Excite le recueillement ;
Chacun voudrait une parcelle

De son virginal vêtement,
Ce corps que nul parfum n'embaume,
En échange, exhale l'arôme
Des fleurs de la sainte Cité :
Violettes, la modestie,
Roses du jardin de Marie
Et beau lis de la pureté.

Le chrétien, près d'Elle se signe ;
Il contemple ce blanc insigne
Et dit : « Serait-ce donc un deuil ?
« Elle n'inspire aucune crainte :
« Ah! pourquoi voiler votre Sainte
« Pour la plonger dans le cercueil! »

. . . .

Dans la chapelle de sa Mère,
Au pied de son image chère,
Son corps dort du dernier sommeil.
Sous sa paupière demi-close,
Son regard suave repose
Attendant l'heure du réveil.

. . . .
. . . .

Daigne accepter, douce Colombe,
Ces fleurs que jette sur la tombe
Un cœur épris de tes vertus ;
Du haut de la sainte Patrie,
Veille sur la sœur en Marie
Et, de moi, parle à ton Jésus.

IRMA FAUVERGENNE

PÉLATRICE DE NOTRE-DAME-DU-SACRÉ-CŒUR.

Contraste insuffisant

NF Z 43-120-14

www.ingramcontent.com/pod-product-compliance
Lightning Source LLC
Chambersburg PA
CBHW072257210626
46818CB00017B/1413